Fear not, for after winter passes, flowers will bloom once more in the coming spring

괜찮아

겨울이 가고 이다음 봄

꽃은 다시 피어

용혜원 치유시집

글샘
GEULSAEM PUBLISHING

시인의 말

세상은 발전에 발전을 거듭하여 의식주가 개선되고 환경이 편하고 살기 좋아졌다. 그러나 사람과 사람 사이에 갈등과 반목과 비난과 비판이 심해지고 악성 댓글과 가짜뉴스에 시달리고 괴로워하는 사람들이 늘어났다. 갑질을 하는 사람들이 늘어나고 무차별 공격이 늘어나고 날마다 사건 속에 사람들은 시달리고 고통스러워하고 있다. 오 헨리는 "고통 없는 인생은 없다."고 말했다. 고통에는 육체적인 고통과 정신적인 고통이 있다. 이 두 고통에서 벗어나야 마음이 편안하고 자신이 원하는 일들을 해 나갈 수 있다.

나로 인해 누군가 눈물을 흘리고 아파하고 고통스러워 한다면 불행한 일이다. 나로 인해 누군가 기뻐하고 웃는다면 행복한 일이다. 다른 사람들은 남의 이야기를 하고 살아간다. 남에게 상처와 아픔과 고통을 주는 말을 함부로 하는 것은 어리석고 무책임한 행동이다. 남에게 말하기 전에 자신을 먼저 돌아보아야 한다. 이 세상에 고통과 아픔으로 불행한 사람들이 없어야 하고 아파하고 고통당하는 사람들은 치유를 받아야 한다.

날마다 일어나는 사건과 사고 속에서 사람들이 뇌 속에서 아무리 걱정하고 근심해도 문제를 해결할 수가 없다. 끊임없이 계속되는 행동 없는 생각과 고뇌는 마음을 무겁게 만들 뿐이다.

고통은 당하는 사람에 따라 삶을 파멸로 몰고 가기도 하고 고통 속에서 도리어 힘차게 일어서기도 한다. 고통은 사람들에게는 위대한 스승이다, 고통의 숨결 속에서 성장하고 발전한다.

머릿속에서 고뇌의 꽃이 피면 근심과 걱정으로 고통의 열매가 맺는다. 어두운 생각은 어둠을 만들고 밝은 생각은 밝음을 만들어 놓는다. 행복하고 싶다면 걱정에서 떠나 사랑과 행복이 피어나는 삶을 살아야 한다. 고통을 느낄 수 있는 사람은 기쁨도 누릴 수 있다. 고통을 통하여 강해지는 것은 당연한 삶의 원리다.

상처가 치유되면 상처 속에서도 사랑이 꽃피어난다. 링컨은 "다른 사람의 고통을 덜어주면 나 자신의 고통을 잊을 수 있다."고 말했다. 이 세상에 살고 있는 모든 사람의 상처는 치유되어야 한다. 상처는 몹시 무척 많이 마음을 아프게 한다. 상처의 고통이 죽음까지 만들 때가 있다. 한 사람 한 사람이 서로 관심을 가져주고 함께함으로 살기 좋은 세상을 만들어가야 한다. 이 치유 시집을 읽으면 마음에 평안이 찾아올 것이다. 한 편 한 편 읽을 때마다 자신의 마음을 읽을 수 있고 마음에 찾아드는 평안을 얻게 될 것이다.

용혜원 시인

차례

두 번째 • 숨

세 번째 • 숨

다섯 번째 • 숨

첫 번째 • 숨

그래 살자 살아보자
절박한 고통도 세월이 지나가면
다 잊히고 말 테니

당신 웃음

당신 웃음 한 번에도

세상은

잠시 동안 환해집니다

* 웃음은 모든 상처를 치유하고
모든 상처를 낫게 한다.

걱정마! 너의 아픔은 나을 수 있어!

걱정마!

너의 아픔은 분명히 나을 수 있어!

너는 이 세상에서

소중하고 고귀한 존재야

여기까지 잘 견디어 왔잖아

여기까지 잘 버티어 왔잖아

힘을 내! 용기를 내!

너의 아픔은 나을 수 있어

어떤 고통도 어떤 아픔도

너를 언제나 괴롭힐 수는 없어!

훌훌 벗어나야 해. 이겨낼 수 있어!

걱정마!

너는 건강해질 거야!

네가 가지고 있는 꿈과 희망을

멋지게 힘차게 이루어가야 하잖아!

힘을 내! 용기를 내!

너는 이 세상에서

가장 소중하고 고귀한 존재야!

상처 1

이 험한 세상 살면서 상처 하나 없이 사는 사람 있을까
살펴보면 모두가 상처투성이다
살다보면 이런 일 저런 일
몸과 마음에 상처가 생기기 마련이다

심한 말 한 마디가 상처가 되고
거슬리는 행동 하나 독한 눈빛 하나가
마음에 상처가 될 때도 있다

상처는 아주 작은 상처로부터
헤어 나오기 힘든 큰 상처까지
수많은 갖가지 상처가 있다

상처는 마음을 풀어 나을 수 있는 상처가 있고
약과 수술로 치유될 수 있는 상처가 있고
상처가 더 큰 상처를 만들어 치유될 수 없는 상처도 있다

상처를 서로 주고받지 않는다면
참 좋은 사이가 될 것이다

*우리를 상처로 고통스럽게 하는 일들을 하나의 연단이라고 생각하라.
쇠는 불에 달구어야 강해진다. 우리가 지금 당하고 있는 상처를 통해서 더욱 마음이 강하고 단단해질 것이다.

상처 2

상처는 아픔의 흔적이다
내 상처는 내가 가장 아프다

상처를 자꾸 말하고 보여주고
드러내기만 하면
자기 스스로 초라해진다

상처는 아물어야 하고
상처는 감싸주어야 하고
상처는 치유되어 잊어야 한다

상처를 이겨내고
새로 돋는 살 속에 감추어야 한다

상처 속에 슬퍼하지 말고

상처를 딛고 일어서서

건강하고 튼튼하게 살아야

삶이 생기가 돌고 힘차다

* 상처로 인한 고통과 아픔은 사람들의 성장에 굉장한 힘을 준다. 고통과 아픔은 인내심을 길러주고, 삶에 대한 간절한 의욕을 불러일으키고, 때로는 자신도 잘 알지 못 했던 새로운 힘을 알게 되는 일들이 나타난다.

눈물 많은 세상

고통이 옹이가 되어 박혀 심장과 맥박이 뛰는
이 세상은 참으로 눈물 많은 세상이다

이런 이야기 저런 이야기 만들어가며
이런 슬픔 저런 슬픔 이런 저런 고통으로
울다 떠나는 사람들이 많고 많다

온갖 상처로 남은 마음의 흉터는 이유를 알고
싶을수록 잔인하고 슬픔은 아무리 꽁꽁
숨어있어도 터뜨리고 싶은 눈물이다

슬픔과 고통을 감싸주거나 보살펴주지 않으면
눈물이 지나쳐 절망이 찾아오고
살다보면 상처받아 가슴에 구멍 숭숭 뚫려
끝 모를 절망이 찾아오면
어찌할 수 없는 선택을 하는 사람도 있다

무관심과 소외와 방관으로
이 땅의 삶이 비극으로 끝나지 않고
희망을 이루어가며 행복한 삶을 만들어야 한다

눈물이 웃음으로 바뀔 수 있도록
우리는 서로 함께해야 하고
이 세상 사람들이 행복한 웃음으로
살아갈 수 있도록 함께해야 한다

* 눈물 속에서 사랑의 꽃이 피어난다. 고독한 마음 한구석에 슬픔의 텃밭을 가꾸어보지 않은 사람은 삶의 진정한 의미를 알지 못하는 사람이다.

삶의 참의미

맨몸뚱이 하나로
거친 세상과 맞부딪치며
온갖 시련을 이겨내야
참맛을 알 수 있다

홀로 버려져 의지할 곳 없어
울음만 터져 나와도
가야 할 길을 가야 한다

막막하기만 할 때
좌절의 슬픔을 알기에
이를 악물고 뛰어들어
헤쳐 나가야 한다

요행을 바라지 않고
선한 일에 온 마음을 쏟을 때
고통마저 껴안는 여유를 찾는다

피와 눈물과 땀으로
진실을 말하는 사람이
삶의 참의미를 알고 산다

* 내가 삶의 의미를 발견했던 바로 그 순간에
그들의 인생은 바뀌었다. (조지 카린)

걱정을 쌓아놓지 않게 하소서

우리의 삶은 고난의 연속이오니
힘든 일에 부딪칠 때마다
사랑을 깨닫게 하소서

찢어진 상처마다
피고름이 흘러내려도
그 아픔에 원망과 비난하지 않게 하소서

어떤 순간에도
잘 견디고 이겨낼 수 있는
믿음을 갖게 해주시기를 원합니다

헛된 욕망과 욕심에 빠져
쓸데없는 것들에 집착하지 않게 하소서

고난당할 때 도리어
믿음이 성숙하는 계기가 되도록
강하고 담대함을 주소서

불안한 마음으로부터 벗어나게 하소서
불만 가득한 마음으로부터 벗어나게 하소서
아무런 가치 없는 일로 인해
걱정을 쌓아놓지 않게 하소서

걱정을 구실 삼아 믿음에서 떨어지지 않게 하소서
있지도 않은 일로 인해
근심을 쌓아놓지 않게 하소서

내 마음에 걱정이 파고 들어와
스스로를 괴롭히지 않게 하소서
어려울 때 일수록 자신에게만 빠져있지 말게 하시고
주변을 돌아보며 바라보게 하소서

일부러 근심 걱정을 만드는 삶이 아니라
기쁨을 만들어가며 살게 하소서

* 걱정은 내일의 슬픔을 덜어주는 것이 아니라
오늘의 힘을 빼앗아 가는 것이다. (나폴레온 힐)

상처 난 마음

상처 난 마음
수리하고 싶을 때
좋아하는 사람, 사랑하는 사람 만나
이야기를 나누면
어느 사이에 상처가 아문다

사랑은 상처를 치유하고
사랑은 상처를 아물게 하고
사랑은 상처를 낫게 한다

사랑의 힘은
참으로 위대하다

사랑의 상처도
오직 사랑으로만 치유할 수 있다

* 마음을 열어두면 인생을 투명하게 바라볼 수 있다.
또 마음을 열어두면 병든 마음은 치유되고 아름다운 풍경을 볼 수 있으며 드넓은 우주를 자유로이 넘나들 수 있다. (브라이언 로빈슨)

마음 고치기

인생을 살다보면 내 마음도 고치고 수리해야 할 때 있다
사람의 마음은 심중에 떨어지는 말 한 마디에도
상처를 쉽게 받고
사람의 마음은 사랑받지 못하고 무관심 속에 있으면
상처를 받는다

사람의 마음은 홀로 은둔하면
너무 쓸쓸하고 고독하여 상처가 생긴다

사람의 마음은 가파르고 힘든 삶에
지치고 힘들고 피곤이 쌓이면 상처가 깊어진다

상처를 받으면 위로가 그립고, 칭찬이 그립고,
친절이 그립고, 애정이 그립고,
관심이 그리워진다

상한 마음. 병든 마음, 시든 마음,

악한 마음을 살펴가며

스스로 마음을 가다듬고 온전한 마음으로 살아야 한다

* 마음이 삐뚫어진 사람들은 불행하다. 행복이란 인생에 대한 밝은 견해와 밝은 마음속에 깃드는 것이며 외적인 데 있지 않다고 나는 생각한다. (도스토예프스키)

살아남는 법

세상살이 헛되게 긁혀서 상처 입으면 화가 나고
상처가 선명할수록 고갈된 나약함에 기분이 잡치고
얼굴이 찌그러지고 오만상이 찌부러진다

세상을 향하여 버럭 소리를 지르고
울분을 토하고 싶다

불안이 거침없이 뻗어 나갈 때
잘 대처하지 못하면 나약해진 마음에
초라한 모습이 되고 만다

상처 속에서 성장하고 뚝심이 생기고
상처 속에서 강하게 자란다

생각을 열고 마음을 열면
세월이 지날수록 상처만큼 성숙해진다

상처 속에서 튼튼해지고
상처 속에서 살아남는 법을 배운다

* 삶은 새로운 것을 받아들일 때만 발전한다.
삶은 신선해야 하고 결코 아는 자가 되지 말고
배우는 자가 되라. 마음의 문을 닫지 말고 항상
열어두도록 하라. (오쇼 라즈니쉬)

그래 살자 살아보자

그래 살자 살아보자
절박한 고통도 세월이 지나가면
다 잊히고 말 테니

퍼석퍼석하고 처연한 삶일지라도
혹독하게 견디고 이겨내면
추억이 되어버릴 테니

눈물이 있기에 살 만한 세상이 아닌가
웃음이 있기에 견딜 만한 세상이 아닌가
사람이 사는데 어찌 순탄하기만 바라겠는가

살아가는 모습이 다르다 해도
먹고 자고 걷고 살아 숨 쉬는 삶에
흠 하나 없이 사는 삶이 어디에 있는가

서로 머리를 맞대고 살다 보면

눈물이 웃음이 되고

절망이 추억이 되어 그리워질 날이 올 테니

좌절의 눈물을 닦고 견디면서

그래 살자 살아보자

* 삶이 힘이 드는가! 삶이 절망스러운가! 삶이 괴로운가!
입을 열어 이 시를 읽어보라! 힘이 나기 시작할 것이다.

" 그래 살자! 살아보자!"

아픔

살이 찢기는 것보다
마음이 갈기갈기 찢겨져 나가면
고통스럽고 견딜 수 없다

견고하게 쌓아오던 것들이
하루아침에 허무하게 무너져 내릴 때
고개를 떨어뜨리고
힘없이 풀썩 주저앉는다

고비 고비마다
맨가슴을 훑어내듯 아파올 때
홀로 내던져 버림당한 듯 외롭다

흩어지고 사라지는 시간들 속에
아무런 인기척도 없이 찾아드는
두려움과 불길한 예감 속에 환청이 들려온다

온갖 독소가 핏물에 섞여 돌고
대패질 당한 듯하고
뭇시선이 못질해올 때 애절함만 남아돌아
죽음으로 내몰린 듯 괴롭다

끈끈했던 인연들조차 떠나가고
꿈마저 산산조각 나 흩어져 버릴 때
웅크려 보아도 가쁜 숨소리만 나고
슬픈 눈물이 쏟아지는 걸 막을 수 없다

가야만 할 길이 끊어져 버려
질긴 아픔 속에 심장에서 떨어지는
고통의 핏물을 닦아야 한다

* 우리의 삶은 생각하기에 따라 달라진다.
우리의 삶은 마음을 먹기에 따라 달라진다.
강하고 담대한 마음으로 고통의 아픔에서 벗어나라!

내 마음을 읽어주는 사람

오래 전부터 나를 아는 듯이
내 마음을 활짝 열어본 듯이
내 마음을 읽어주는 사람

눈빛으로 마음으로
상처 깊은 고통도 다 알아주기에
마음 놓고 기대고 싶다

쓸쓸한 날이면 저녁에 만나
한 잔의 커피를 마시면
모든 시름이 사라져 버리고
어느 사이에 웃음이 가득해진다

늘 고립되고
외로움에 젖다가도
만나서 밤늦도록 이야기를 나누면
시간 가는 줄 모르고 즐겁다

어느 순간엔 나보다 날
더 잘 알고 있다고 여겨져
내 마음을 다 풀어놓고 만다

내 마음을 다 쏟고 쏟아놓아도
하나도 남김없이 다 들어주기에
나의 피곤한 삶을 기대고 싶다

삶의 고통이 가득한 날도
항상 사랑으로 덮어주기에
내 마음이 참 편하다

* 한 인간이 온갖 참되고 건강한 즐거움을 맛본다는 것은 그가 세상에 처음 태어났을 때부터 계속 가능했다. 지금도 여전히 가능하다. 그런 즐거움을 맛볼 수 있는 것은 주로 마음이 평안할 때다. (르 라무킨)

막막함

기대하던 모든 것이
다 무너져 내렸다
더 이상 앞으로
걸어갈 용기가 나질 않는다

모든 것이 끝나버린 듯
새로운 변화를 가질
힘마저 빠져버렸다

무거워지는 발걸음을
어쩌지 못해
삶의 막다른 골목에
홀로 서 있다

* 어둠 속에서만 별을 볼 수 있다.
(마틴 루터 킹 주니어)

편두통

맺힌 매듭을 풀지 못한 탓일까
나사를 죄고 있듯
두개골이 빠개지도록 아프다

원한 맺힌 새 한 마리가
내 머리통에 날아와 앉아
한풀이라도 하듯
계속 쪼아대는 것 같다

두개골을 쫙 쪼개어
흘러내리는 맑은 물에
씻어내고 싶다

* 두려움과 맞서라. 그리하면 어느새 숨겨진 잠재력을 발휘하며 활기차고 충만한 삶을 영위해 나가는 자신을 발견할 수 있을 것이다. 누구나 그렇게 될 수 있다. 그리고 그것은 후회하지 않는 선택이 될 것이다. (제프 켈러)

두 번째 • 숨

오늘의 깊은 슬픔도

어쩌면 아름다운

추억으로 남아있을 것이다

나는 꼭 필요한 사람입니다

마음속에서 큰 소리로
세상을 향하여 외쳐보십시오
"나는 꼭 필요한 사람입니다"

자신의 삶에 큰 기대감을 갖고 살아가면
희망과 기쁨이 날마다 샘솟듯 넘치고
다가오는 모든 문을 하나씩 열어 가면
삶에는 리듬감이 넘쳐납니다

이 세상에는 수많은 사람이 살아가고 있지만
그 중에서 단 한 사람도
필요 없는 사람은 없을 것입니다

세상에 희망을 주기 위하여
세상에 나눔을 주기 위하여
세상에 사랑을 주기 위하여
필요한 사람이 되어야 합니다

나로 인해 세상이 조금이라도 달라지고
새롭게 변할 수 있다면
삶은 얼마나 고귀하고 아름다운 것입니까
나로 인해 세상이 조금이라도 더
밝아질 수 있다면 얼마나 신나는 일입니까

자신을 향하여 세상을 향하여
가장 큰 소리로 외쳐보십시오
"나는 꼭 필요한 사람입니다"

* 내가 존재한다는 사실이야말로 확실하고 영원한 생명의 경탄이다. (타고르)

*너 자신을 누구에겐가 필요한 존재로 만들어라! (에머슨)

나를 만들어준 것들

내 삶의 가난은 나를 새롭게 만들어주었습니다
배고픔은 살아야 할 이유를 알게 해주었고
나를 산산조각으로 만들어 놓을 것 같았던
절망들은 도리어 일어서야 한다는 것을
일깨워주었습니다

힘들고 어려웠던 순간들 때문에
떨어지는 굵은 눈물을 주먹으로 닦으며
내일을 향해 최선을 다하며 살아야겠다는
다짐을 했을 때 용기가 가슴 속에서 솟아났습니다

내 삶 속에서 사랑은 기쁨을 만들어주었고
내일을 향해 걸어갈 수 있는 힘을 주었습니다
사람을 만나는 행복과 사람을 믿을 수 있고
기댈 수 있고 약속할 수 있고
기다려줄 수 있는 마음의 여유를 주었습니다

내 삶을 바라보며 환호하고

기뻐할 수 있는 순간들은

고난을 이겨냈을 때 만들어졌습니다

삶의 진정한 기쁨을 알게 되었습니다

* 경험을 통해 앞일을 내다볼 수 있으므로 거칠고 험한 세상에서 경험을 대신할 만한 것 없다.
성공하는 사람도 있고 실패하는 사람도 있다. 하지만 실패한다고 해서 아래로 굴러 떨어지는 것이 아니라 단지 아래서 잠시 머물 뿐이다. 마음껏 힘을 합쳐 약점을 모두 떨쳐버리자! (로버트 하프)

마음이 허전해 올 때

마음에 빗장이 풀린 탓일까
늘 느끼던 긴장감이 풀린 탓일까

무엇 때문인지
왜 그러는지 모르지만
주변은 여전한데
온 몸 구석구석에 채워야 할
빈 공간이 생긴 것 같다

쓸데없는 생각만 오고가고
가상의 일들이 머릿속에서
일어나 나를 잡아당기고 있다

이런 감정을
고독이라 부르는 것일까

괜스레 눈에는 눈물이 고이고
나를 힘들게 하는 모든 것들이 싫어만 진다

“이렇게 꼭 힘들게 살아야 할까?”
하는 생각에
그동안의 삶이 의문부호로 찍혀진다

* 가장 중요한 것은 생각이다.
건전한 정신 자세를 가져라. 용기, 정직, 담백함, 명랑함
등은 곧 창조의 작업이다. (알버트 허버트)

억지

억지를 부리면 구겨지고
접히고 찢어지고 갈라지고
쪼개져서 꼭 탈이 나
억지를 부려서 되는 일은 없다

어쩔 수 없는 것이 될 리가 없으니
때를 놓치지 말고
모든 것은 순리를 따라야 한다

억지는 가치 없고 미미하게 만들어
모양 사납게 깨지고
부서지고 무너지게 마련이다

억지는 못나서 역심이 나서 시작되고
둘러치나 메어치나
막막한 결과를 만들어 놓는다

억지는 모든 관계를 무너뜨리고

모든 것을 잘못되게 하고 똥줄이 타도록

좋지 않은 결과를 만든다

억지는 화를 부르고

고통을 부르고 절망을 만든다

* 억지로 내리누른다고 해서 성심성의를 다하는
  사람은 없다. (컬린 터너)

마음의 심지

혼절한 어둠이 가득했던 시절
꿈이 허공에 떨어지고
몸과 마음이 춥고 떨렸다

고통 속에서 어둡고 비참한 양심이
허덕이던 고통의 나날들
지친 모습으로 절망의 늪에 빠져
구겨진 마음으로 버티기도 힘들었다

사사로운 일에 몰두하거나
헛된 일에 서성거리고 팔짱 끼고 있지 말고
어떤 경우에도 마음의 심지가
제대로 뿌리를 내려야 한다

사사로운 사욕의 노예가 아니라
개인적인 욕심의 종이 아니라
항상 정도의 길을 걸어가야 한다

세상살이 수많은 혀의 유혹 속에서도
마음의 심지를 바로 가져야 한다

후회하지 않을 삶을 살고 싶다면
마음의 심지에 선한 양심의 불을
항상 꺼뜨리지 말고 켜놓아야 한다

* 웃어라! 그러면 세상은 당신과 함께 폭소를
터뜨릴 것이다.
울어라! 그러면 당신 혼자서 눈물 흘릴 것이다.
그러므로 많이 웃어야 사람들이 몰리고 찾는다.

구실거리

삶의 한 구석이 허전하다고
이런 저런 구실거리 만들어 살면
당장은 모면할지 몰라도 비참해진다

허벙거리며 변명을 일삼고
해야 할 것을 회피하며 입 놀리고
쓸데없이 헝크러진 이유를 대면
못난 모습만 보여주는 것이다

용빼는 재간도 없으면서
헛나발 불지 말고 잘못했으면
시인하고 고치며 바르게 살아야
사람이 사람으로 살아가는 것이다

까탈스럽게 세상에서 허튼 수작

허튼 걸음 걷지 말고

가야할 길을 찾아가야 한다

사람이 제구실을 못하면

매사에 핑계를 대고 이유를 만들어

허공을 헛딛는 삶을 살아간다

* 현재의 처지에 굴하지 않고 그보다 훨씬 나은 그 무엇이
자기 안에 숨겨져 있다고 굳게 믿는 사람들의 성취보다
더 훌륭한 것은 없다.

"아차!" 하는 순간에

모든 불행은
"아차!"하는 순간에 일어납니다

설마 하는 순간에
방심하는 순간에
괜찮겠지 하는 순간에
"이번 한 번쯤이야!" 하는
짧은 찰나의 순간에
와르르 무너져 내립니다

모든 불상사가 일어나는 것도
사고가 일어나는 것도
모든 재난도
"아차!"하는 순간에 시작합니다

모든 절망은

"아차!"하는 아주 짧은

순간에 일어납니다

* 불평하고 불만을 갖는 것은 과거를 붙잡아 놓고
  있는 것이다.
  인생은 적극적일 때 새로운 발전이 있다.
  그것을 잊지 말아야 한다.

후회

그냥 이처럼 살다가
아무런 예고조차 없이 떠나가는 것일까
찾아오는 길보다 떠나가는 길이 많다

구김새 가지 않을 것 같았던
청춘도 우물쭈물 거리다가 놓쳐버리고
한껏 즐기지 못하고 세월도 놓쳐버리고
붙잡아 놓아두고 싶은 것들도
그대로 놓아두고 떠나가야 하는 것일까

참 안타까운 일이다
가슴에 파고들 때 받아들일 걸
세월이 모든 것을
티끌 하나 남겨 놓지 않고 빼앗아 가버린다

막연한 불안을 떨칠 수 없어
몰려오는 졸음도 쪼개며
서글픈 한숨만 쉬었다

나이가 들면 꿈을 찾아 잠들어 보아도
아무 소용없고 추측에 빠져 괴로울 때
짧은 삶 좀먹고 산 것이 후회가 막심해
무섭고 쓸모없는 짓거리였다

외토라지게 살다가 상처만 입고
결국에는 자취도 없이
사라져야 하는 것이
얼마나 슬프고 안타까운 일인가

* 인생을 사랑하는가? 그렇다면 시간을 헛되이 쓰지 말라. 인생의 재료가 시간이다. (벤저민 프랭클린)

비난

자기편이 아니라고 잇따른 흥분과 악담으로
함부로 생살을 마구 뜯어내어
눈이 휘둥그레질 만큼 뼈마디만 남겨놓는다

지적 질을 좋아하며 함부로 비웃고
말꼬리 잡고 늘어지며
독을 퍼뜨리는 사람들
기막히게 거짓을 진실로 만들어 놓는 것을 보면
참 괴이하기 짝이 없다

미쳐 날뛰도록 환장하게 만드는데
난처하고 기가 막혀도 어찌할 수 없으니
우울하고 따분하고 분통이 터지는 일이다

피에 굶주린 사람들 사려 깊지 못한 마음으로
고통마저 간섭해 다소 어리둥절하고
겁에 질린 피곤으로 찌들게 만들어
벼랑 끝으로 밀어버리면
짐승처럼 울부짖고 싶다

운명과 끊임없이 싸우게 만드는
지탄받고 비난받고 어둠 속으로 사라져야 할
사람들은 바로 그들이다

* 한 가지 법칙이 있다. 우리가 깊은 상처를 입었을 때
용서하지 않는 한 어떤 치유도 없다. (알란 페턴)

아주 작은 모래알의 힘

아주 가벼운 모래알 하나는
나약하고 보잘것없고
아무런 힘도 발휘하지 못하지만
아주 작은 모래알들이 모여들어
크나큰 백사장을 만들어 놓는다

가볍고 가벼운 모래알갱이 하나는
너무 작아 아무 쓸모가 없지만
하나로 뭉치면 얼마나 거대한가를
눈앞에 펼쳐 놓고 보여주고 있다

거대하게 넓고 큰 아름다운 해변에
하나 둘 작은 모래알들이 모여들어
끝없는 백사장을 간결하게 만들어주며
모래알 수만큼 찾아오는 수많은 사람들에게
아주 멋진 풍경을 선물해주고 있다

* 성공하고 싶다면 봉사하라!
그것이야 말로 우리 인생에 있어 불변의 법칙이다.
위대한 봉사자, 베푸는 사람이 되라!
그것이 바로 당신의 성공을 이끄는 왕도다!

가슴이 저미도록 외로운 날

가슴이 저미도록 외로운 날은
그리움이 번갈아 불쑥불쑥 찾아와
뇌리에서 쉽게 떠나지 않고 지워지지 않는다

그대 문득문득 생각나
허물 수 없게 진력나는 그리움이
자꾸 꼬드겨 목 빠지게 그립다

아무 말 없이 다정한 눈빛을 보내던
그대 생각나 한숨 내쉬며 뇌까리던
그리움이 사무쳐 냉가슴이 시리도록
정곡 찔린 심장이 뽀글뽀글 끓어오른다

따스한 미소로 한참동안
나를 바라보던 그대 생각나
마음속에서 큰 소동이 일어나
높이를 더하는 그리움의 높이가 어지간히 높아
좀체 떠나지 않고 자꾸만 그리워진다

내가 사랑했던 사람이
사랑을 곱게 피워 심금을 울려놓아
가슴이 미어지게 불현듯
보고 싶어 무척 애닳고 힘들다

나의 매력은 끊임없는 기쁨이고
나의 쌈박한 행복의 전부다
나만큼 가슴 떨리도록 좋아하는 사람은
이 세상에 아무도 없다

* 도망칠 필요가 있는 유일한 감옥은
우리 자신의 마음의 감옥이다!

마음 한구석에 슬픔이 고여 있을 때

마음 한구석에 슬픔이 고여 있을 때

그 아픔에 빠져

괴로워하지 말아야 한다

삶은 늘

절망과 아픔의 손길을 보내고

고통과 고독의 눈길을 보낸다

헛된 꿈을 꾸다

뼈저린 아픔이 올지라도

더 성숙해져야 한다

원하지 않는

슬픔에 빠지게 됐을 때

고통이 우리를 삼키려 할지라도

이겨내는 힘을 가져야 한다

* 사람은 누구나 행복하기를 간절히 바라는데
그러기 위해서는 온갖 힘을 기울여야 한다.
행복이 찾아오기를 기다리며 문을 열어 둔 채
방관만 하고 있다면 들어오는 것은 슬픔뿐이다. (알랭)

괴로울 거야

슬픔과 고통이
희망을 뿌리째 뽑고
끔직한 절망이 달달 볶아대면
정말 괴로울 거야

잡다한 생각이 가득하고
실망이 먹구름처럼 몰려와
갈증에 목마름만 더하고
공허함에 온몸이 싸늘하게 식으면
절망스러워 얼마나 힘들까

혼란과 좌절에 휩싸여
몸을 가누지 못해 비틀거리고
쓸데없이 시간만 축내고 있는데
무언의 압력이 고통스럽다

잡음과 놀림 속에 몹시 흔들리고
어둡고 끔직한 일들만 생겨나
질펀하게 젖은 눈으로
아픔을 씻는다

단 하루도 안 되는 길을
갈 수도 없고 처절한 아픔이 몰려와
앙상한 가슴이 퍼렇게 멍들면
시원하게 터뜨리지 못해
더 많이 괴로울 거야

* 괴로움에 가장 좋은 약은 운동이다.
괴로움 해소에는 뇌 대신 근육을 많이 사용하는 것이
제일이다. 효과는 즉시 나타난다.
나는 언제나 이 방법을 사용하여 괴로움을 해소시킨다.
(에디 이건)

슬픈 생각이 들 때

남아있는 삶을 어떻게 살 것인가
고민에 빠져들면 슬픈 생각만 든다

왠지 허무한 것만 같고
결국엔 떠나가야 하기에 발버둥 쳐보아야
아무런 의미가 없을 것만 같은 생각에
마음에 고통이 느껴져
모든 것에서 떠나 잠시 쉬고 싶어진다

매일매일 무엇을 하면서 살아야 하는가
매일매일 누구를 위하여 살아야 하는가

모든 것이 다 떠나고

모든 것이 다 사라져야 하는 서글픔에

슬픈 생각에 빠지다가도

내가 간직해온 꿈을

이루어갈 수 있다는 생각에 다시 웃음을 찾는다

* 성공은 최종적인 것이 아니며,
실패는 치명적인 것이 아니다,
중요한 것은 계속할 용기이다. (윈스턴 처칠)

절망이 온몸에 화살을 쏘아대는 날

절망이 온몸에 화살을 쏘아대는 날

파도치는 바닷가에서
홀로 서 있으면
쓸쓸함이 얼마나 가슴을
아프게 만드는가를 알 수 있다

어둠이 짙어질수록
파도가 치면 칠수록
서러움만 가득해지고
그리운 사람이 가슴에 뭉쳐온다

쓸쓸한 파도는 내 마음에서도

더 세차게 몰아쳐

혼자라는 쓸쓸함을

뼛속 깊이 느끼게 한다

* 자신감을 잃어버리지 말라.

자신을 존중하는 사람만이 다른 사람을 존중할 수 있다.

(쇼펜하우어)

사랑의 아픔을 느낄 때

가시에 생살을 깊이 찔려보아야
가시의 독기가 얼마나 아픈지 알 수 있습니다

뼈아픈 이별보다
사랑하는 마음을 표현하지 못해
터질 듯한 가슴을 단 한 번도 열지 못하고
바라만 보면서도
만날 수 없을 때가 더 고통스럽습니다

절망을 전해 듣고 아는 것보다
절망에 중독되어 신음해보아야
그 고통의 의미를 알 수 있습니다

못다 이룬 사랑을 그대로
스쳐 지나가게 할 수 없는
안타까움이 얼마나 아픈지 알고 있습니다

다시는 만날 수 없도록
멀리 떨어져 있을 때
다시는 고칠 수 없도록
찢겨진 마음이 되어 있을 때가
더 절망스럽습니다

아직도 다 그려놓지 못한
사랑의 안타까움에
피눈물을 흘리며 살아갑니다

살아서 사랑하지 못한다면
죽어서라도 사랑하고 싶다고 말하지만
지금 이 순간만이라도
온몸을 다 맡기고 사랑하는 것이
더 행복할 것입니다

* 우리 세대에 가장 위대한 발견은 사람은 자기 마음가짐을 고치기만 하면 자신의 인생까지도 고칠 수 있다는 것이다. (윌리엄 제임스)

괴로운 세상

정말 힘들지
포기하고 싶지
모든 것이 귀찮아 훌쩍 떠나고 싶지
괴로워서 죽고 싶지
그렇지만 인내하며 견디어보자

세월이 흘러 지나고 나면
모든 것이 지난 일이 된다

힘들고 괴로웠던 순간들도
아마득하게 멀어져가고
그리워지는 추억이 되고 말 테니
기다리자 좀 더 기다려보자

밉지 모든 게 싫지
탈탈 털어버리고 뒤집어엎고 싶지
꼴도 보기 싫지
그렇지만 참자 참아보자
떠나고 흘러가면
모든 것이 옛일이 된다

홀로 힘든 세상이지만
홀로 괴로운 세상이지만
힘을 내어 살아가자

오늘의 깊은 슬픔도
어쩌면 아름다운
추억으로 남아있을 것이다

* 시간이 언제나 당신을 기다리고 있다고 생각하지 말라. 게을리 걸어도 결국 목적지에 도달할 날이 있을 것이라는 생각은 잘못이다. 하루하루 전력을 다하지 않고서는 그날의 보람은 없을 것이며 동시에 최후의 목표에 능히 도달하지 못할 것이다. (괴테)

내 마음이 흔들리고 있을 때

고통의 칼날이 예리하게 찔러올 때
틀 속에서 벗어난
짧은 만남이었는데
오랜 기억으로 남아있는 것은
내 마음이 흔들렸다는 것이다

만남의 순간이 빠르게 흘러
가슴이 저려와 하고 싶은 말도
못하고 헤어졌는데
지나고 나니 그 순간이 너무나 아쉽다

떠나간 날 생각하면 눈물이 나고
그리움에 가슴이 미어지는데
표현할 수 없는 사랑이기에
추억의 틀에 묶어놓는다

어느 세월 어느 순간에
가슴에 맺힌 사랑을
다 고백할 수 있을까

그리움을 헹궈 띄워 보내면
그대를 만날 수 있을까
세월은 흘러만 가고
만났던 순간들은 아쉬움으로 남는다

* 참다운 벗은 좋은 때는 초대하여야만 나타나고
어려울 때는 부르지 않아도 나타난다. (보나르)

산다는 것이 슬픔이 될 때

산다는 것이 슬픔이 될 때
찾아드는 외로움에
가로등 불빛조차 슬퍼 보였다

즐거움 속에 웃음이 가득하던 네가
두 뼘도 되지 않는
내 가슴을 찢어놓으면
그 아픔을 어찌해야 할까

꿈은 아득한 절벽 아래로 떨어져 버리고
내 가슴은 긴장할 대로 긴장해
바람에 바스락거리는 소리에도
너일까 놀라고 있다

내 가슴을 휘젓고 다니는 네가

내 마음의 빈 들판에

한 송이 들꽃이 되어 피어나면 좋으련만

늘 가시가 돋쳐있는 너를

사랑하는 것이 슬픔이다

* 마음의 즐거움은 병을 낫게 하지만
근심하는 마음은 뼈를 마르게 한다. (잠언 17;22)

삶이 무엇이냐고 묻는 너에게

삶이 무엇이냐고
묻는 너에게
무엇이라고 말해줄까

아름답다고
슬픔이라고
기쁨이라고 말해줄까

우리들의 삶이란
살아가면서 느낄 수 있단다
우리들의 삶이란
나이가 들어가면서 알 수 있단다

삶이란 정답이 없다고들 하더구나
사람마다 그들의 삶의 모습이
각기 다르기 때문이 아닐까

삶이 무엇이냐고 묻는 너에게
말해주고 싶구나
우리들의 삶이란 가꿀수록
아름다운 것이라고
살아갈수록 애착이 가는 것이라고

* 좋은 것은 천천히 찾아온다. 작은 구멍에서도 햇빛을 볼 수 있다.
사람들은 산에 걸려 넘어지지 않지만 작은 조약돌에도 간혹 넘어지는 경우가 있다. (코난 도일)

우리 살아가는 날 동안

우리 살아가는 날 동안
눈물이 핑 돌 정도로
감동스러운 일이 많았으면 좋겠다

우리 살아가는 날 동안
가슴이 뭉클할 정도로
감격스러운 일들이 많았으면 좋겠다

우리 살아가는 날 동안
서로 얼싸안고
기뻐할 일이 많았으면 좋겠다

너와 나 그리고

우리 모두에게

온 세상을 아름답게 할 일들이

많았으면 정말 좋겠다

우리 살아가는 날 동안에

* 성공하는 사람은 기회에 강하다!

" 나는 인생에서 최고와 최선을 열망하고 있다.

지금 그것을 내 것으로 만들어가고 있다."

당신은 아름답습니다

모든 일에 최선을 다하는
당신은 아름답습니다

언제나 웃으며 친절하게 대하는
당신은 아름답습니다

베풀 줄 아는 마음을 가진
당신은 아름답습니다

아픔을 감싸주는 사랑이 있는
당신은 아름답습니다

약한 자를 위해 봉사할 줄 아는
당신은 아름답습니다

병든 자를 따뜻하게 보살피는
당신은 아름답습니다

늘 겸손하게 섬길 줄 아는
당신은 아름답습니다

작은 약속도 지키는
당신은 아름답습니다

분주한 삶 속에서도 여유가 있는
당신은 참 아름답습니다

* 꿈이 있는 사람은 웃는다.
꿈이 없는 사람은 신경질적이다.
노력을 통해 꿈은 꿈에서 끝나지 않고
눈앞에 보여지는 현실이 된다.
자신의 삶에 책임감을 가지라!"

습관의 변화

습관을 변화시키는 것은
몸과 마음에 혁명을 일으키는 것이다

잘못된 것은 잘라내고, 벗겨내고, 내버리는
엄청난 수술과 처절한 투쟁 속에
억세게 장악하고 있던
마음의 감옥에서 벗어날 수 있다

끝없이 자라나는 허욕과
쓸모없는 나태와 핑계와 변명을 던져버리고
이마에 땀 흘리는 열정으로 최선을 다하면
모든 것이 새롭게 달라지기 시작한다

비참하도록 구멍이 숭숭 뚫려 허술했던 삶이
알차고 견고하게 변화되고
축 쳐졌던 어깨가 제자리를 찾는다

게으름을 훌훌 벗어던지면

눈빛에 생기가 돌아 내일이 보이고

근심 덩어리가 사라져 마음에 여유가 생긴다

늘 압박하며 발목을 잡고 있던

과거를 던져버리고

끝없이 괴롭히고 못살게 굴던

고질적인 잘못된 습관에서 벗어나

용기와 확신으로 살아가는 것은

가슴이 벅차도록 신나는 일이다

* 삶이 줄 수 있는 가장 아름다운 보상은
다른 이를 성심껏 도울 때 자기 자신의 삶 또한 나아지게 된다는 것이다. (렐프 월도 에머슨)

세 번째 • 숨

이 나이에도

혼자 울고 싶을 때가 있습니다

상처로 남아있는 기억

바람에 쫓기고 세월에 쫓겨
시도 때도 없이 떠돌아다녀야 하는
세상살이의 고달픔은 세월이 흘러가도
상처로 남아있는 기억 중의 일부이다

주인 눈빛만 보아도
월세 올릴까 간담이 서늘하던 시절
사람의 눈빛이 가장 차갑게 느껴졌다

집 가진 사람들이 가장 부럽던 시절
늘 갈망하던 것이 있다면
그럴듯한 내 집 한 칸 장만해서
대문에 문패 하나 딱 달고 싶었다

세월이 흘러 집 장만하고 보니
아파트라 문패를 달 수 없고
죄수 번호인양 숫자만 적혀있다

꿈 하나 이루기를 갈망하며
마음의 틈새까지 꽉 끼어 있던
슬픔을 다 풀어내고 살다 보니
고통의 그림자도 저만치 사라진 듯 하다

세상살이 알 것도 같고 살 것도 같은데
깊은 상처로 아파하던 기억들을 다 지워버려야 하니
남아있는 삶이 아쉽다

* 인간의 잠재력은 무한하다. 이 무한한 잠재력은 누구에게나 무한한 가능성을 약속한다.
나는 나에게 주어진 잠재력을 활용해서 가능성을 가능으로 만들었다. (정주영)

삶이 너무나 힘들 때

홀로는 너무 공허하고 쓸쓸하고
기진맥진해 피로가 쌓일 때
심장 속 깊숙이 따뜻한 숨결 흐르게 해주고
내 마음에 날개를 달아줄 사람이 필요하다

발걸음이 빨라지게 하고
애만 태우는 삶 속에서
퍼렇게 멍든 상처를
따뜻한 손길로 어루만져줄 사람이 필요하다

힘이 들어 쓰러지고 덕지덕지 고통만 달라붙고
채이고 짓밟히고 짓눌리고 조이고
숨조차 쉴 수 없이 거칠어지는 삶 속에서
따뜻한 가슴으로 보살펴줄 사람이 필요하다

서글픈 마음에 신세타령만 나오고
모든 것을 훌훌 던져버리고 싶을 때
내 마음을 보살펴주고 다독거려주고
따뜻한 마음으로 위로해줄 사람이 필요하다

* 목표가 확실한 사람은 아무리 거친 길이라도 앞으로 나
갈 수 있다.
그러나 목표가 없는 사람은 아무리 좋은 길이라도 앞으
로 나갈 수 없다. (토마스 칼라일)

기죽고 살지 말자

기죽고 살지 말자
헛다리짚은 고달픈 인생살이라고
한 치 앞도 안 보인다고
매가리 하나 없이 기죽어 살지 말자

세상에 잘난 사람 많고 많아도
나 같은 사람은 딱 하나다

얼굴에 절망이 다닥다닥 붙고
서글프고 화딱지가 벌컥 나고
목소리에 가시가 돋아도
핏기 하나 없이 꺼벙하게 파김치가 되지 마라

이곳저곳 빠금거리며 살지 말고
당당하게 희망을 신념으로 삼고
가슴을 펴고 힘 있게 누리며 거칠 것 없이 살자
사람답게 알차게 알토란 같이 살자

이 세상에서 남부러울 것이 무엇인가
하고픈 일이 있다면 긴가민가
어슬렁거리지 말고 기웃거리지 말고
올곧게 기를 펴고 하나씩 이루어가며 살자

* 성공한 사람들은 성공이 대체로 끈기 문제임을 지적한다. 다시 말해 끊임없이 시도하고 자신을 개발하고 그 도중에 잘못을 수정해 나가면서 성공에 이르는 것이다. (제프 켈러)

절망이 끝날 때

깊은 소용돌이 속에
감각을 잃고 갈피를 못 잡아도
골방에 처박혀 있지 마라

고통의 안개 속에
시들어진 눈동자로
어리석게 고민에 빠져 있으면
보기 싫을 정도로 한심한 일이다

얽혀 있다고 못살게 굴고
낑낑거리고 안달 떤다고
헝클어진 것을 되잡을 수 없다

어둠 가득한 고뇌의 흔적과
삭막하고 처절한 쓸쓸함을 넘어
고초와 절망을 깨끗하게 지워야 한다

지치고 힘들어도

모든 것이 끝이 보일 때가 있고

절망이 끝날 때

고통의 기억도 말끔히 사라진다

* 절망은 공포의 자식이요, 나태와 성급함의 자식이며
이는 정신과 결함을 탓하고 때로는 정직의 결함을 탓하기도 한다.
나는 운명의 책에 기록된 나의 불행이 필요에 의해 서명되고 인친 것을 보기 전까지는 결코 절망하지 않을 것이다. (블레인 리)

미움의 눈빛

미움의 매서운 눈빛이
상처 깊은 마음을
써억썩 톱질해놓는다

슬픔이 압박해올 때
더 괴로워
숨 쉬는 공기마저 착 가라앉는다

핏기 없는 눈에서
눈물이 뚝 떨어질 때
슬픔은 고개를 더 늘어뜨린다

진실을 알 수 없을 때
심장은 절망 속에서 거세게 뛰었다

감정이 수없이 삐걱거릴 때마다
아픔이 드러날까
우울해지고 근심이 가득해졌다

축적된 슬픔 탓에
서늘한 호흡으로
숨 쉴 수밖에 없다

* 사랑이 햇빛이면 미움은 그늘이다.
인생은 그늘과 햇빛으로 짜인 바둑판무늬다.
(롱펠로우)

참 고맙습니다

내 속 마음을 알아주니
그 넓은 이해해주는 마음이
참 고맙습니다

내 사랑을 받아주니
그 푸근하고 따뜻한 배려가
참 고맙습니다

내 말을 잘 들어주니
그 열어젖힌 마음의 겸손함이
참 고맙습니다

나의 모든 것을 인정해주니
그 한없는 여유로운 마음이
참 고맙습니다

나의 모자람조차 칭찬해주니
그 부족함이 없는 넉넉한 마음이
참 고맙습니다

나와 늘 항상 함께하여 주시니
늘 곁에서 동행해주는 마음이
참 고맙습니다

* 감사하는 마음은 삶을 긍정적으로 대하는 태도를 끌어내는 촉매 작용을 한다. (알프레드 슈틸라우)

* 우리가 지금 가지고 있는 것에 감사할 줄 안다면 우리는 앞으로 감사하게 될 일을 더 많이 맞게 될 것이다. (지그 지글러)

혼자 울고 싶을 때

이 나이에도
혼자 울고 싶을 때가 있습니다

손등에 뜨거운 눈물을
뚝뚝 떨어뜨리고
멍하니 허공을 바라보며
혼자 울고 싶을 때가 있습니다

이젠 제법 산다는 것에
어울릴 때도 되었는데
아직도 어색한 걸 보면
살아감에 익숙한 이들이 부럽기만 합니다

이젠 어른이 되었는데
자식들도 나만큼 커가는데
아직도 소년 시절의
마음이 그대로 살아있나 봅니다

나잇값을 해야 하는데
이젠 제법 노련해질 때도 됐는데
나는 아직도 더운 눈물이 남아있어
혼자 울고 싶을 때가 있습니다

* 슬픔은 영혼의 치유제다. 슬픔을 겪지 않은 사람은
영혼을 인식하기가 어렵기 때문이다. (나폴레온 힐)

힘이 되어주는 사랑

사랑은
모든 병을 치료해주는
놀라운 힘을 가지고 있습니다

절망에 빠져 있을 때에도
그대의 말 한 마디
그대의 손길 따라
나는 다시 힘을 얻고 일어나
열정을 다해 살기로 다짐합니다

사랑은 모든 것을
이길 수 있는 힘을 줍니다

그 사랑을 가져다준
그대를 만나게 된 것은
행복 중의 행복입니다

홀로 이루려는 사랑보다
둘이 이루려는 사랑이
아름다운 결실이 있습니다

그대가 주는 사랑은
삶에 힘이 되어주는 사랑입니다

* 사랑을 구하는 것은 좋은 일이다.
하지만 주려는 사랑은 더욱 좋은 것이다.
(윌리엄 셰익스피어)

희망을 이야기하면

희망을 이야기하면
사람들의 얼굴은
밝고 환하게 빛난다

마음이 열리고
힘이 샘솟고 용기가 생겨서
모든 일에 최선을 다하고
내일을 향하여
새로운 도전을 하고 싶어 한다

어제보다 오늘을
오늘보다 내일에 펼쳐질 일들을
기대하며 살아간다

땀 흘리는 기쁨을 알고
어떠한 고통도 두려움도 없이
기도하며 이겨내고
서로를 신뢰해주며 사랑을 나눌 수 있는
마음에 여유로움이 있다

희망을 이야기하면
사람들의 눈은 빛을 발한다

머뭇거림과 서성거림이 사라지고
리듬감과 생동감 속에 유머를 만들며
열정을 쏟아가며
뜨겁게 살기를 원한다

* 희망은 가장 위대한 정신 상태인 신념의 씨앗이다.
위기의 순간에도 우리를 지탱해주는 것이 희망이다.
(나폴레온 힐)

고마운 사람

살다가 만난 사람 중에
마음을 활짝 열고 반겨주는
눈물 나도록 고마운 사람들이 있습니다

가슴이 피멍이 지도록 힘겨울 때
속 깊은 마음으로 위로해주고
함께해주어 정말 고맙습니다

모든 것이 다 망가져 숨이 막힐 때
넓은 도량으로 격려해주고
힘이 되어주어 정말 고맙습니다

삶에 균열이 생기고
포기하고 싶도록 고독할 때
따뜻하게 나의 입장을 옹호해주고
친구가 되어주어 정말 고맙습니다

바삭바삭 마음조차 말라버려 아플 때
찾아와 외로움을 달래주고
위로해주어 정말 고맙습니다

세상은 고마운 사람이 있어
행복한 세상입니다
살맛나는 세상입니다

* 고맙다는 말을 듣고 화를 낼 사람은 없다.
오히려 그 말에 매우 기뻐하며 상대방을
적극적으로 도와주려고 할 것이다. (후쿠다 다케시)

후회

촉각을 곤두세우도록
기억에 또렷이 남아
아쉬움이 교차하는 순간
절박한 슬픔이
어지럽게 나뒹굴었다

마음에 가들막한 갈증이 타오르고
불쾌한 싸움에
지칠 대로 치져 버렸다

격렬하게 분통을
터트리고 싶어
가슴 속이 아리게 저려오는데
모든 출구가 사라졌다

* 해서는 안 될 일을 행하지 말라.
해서 안 될 일을 행하면 반드시 번민이 따른다.
해야 할 일을 반드시 행하라.
그러면 가는 곳마다 후회는 없을 것이다.

(법구경)

소문

낱낱이 드러나
가슴이 철렁거렸다
숨길 이유도 찾지 못하고
궁지에 몰려 떨어야 했다

고통과 근심 사이를
수없이 오가자
절망이 폭삭 내려앉았다

내 탓이다

날카로운 눈빛으로 째려보고
가시 돋친 말로 쏘아붙이고
비아냥거릴 땐
심장이 멈추는 것 같았다

당황스럽고 극심하게 꼬여들어

참담한 기분이지만

빠져나갈 궁리에 골머리를 앓는다

* 나쁜 소문을 막으라. 어중이떠중이가 모인
일반 대중에게는 악의를 품고 노려볼 두 눈과
심심풀이로 날름거리는 혀가 있다. (로렌조 그라시안)

위로받을 수 없는 고통

한숨에 갇혀 구겨지고 상처 난
아픔의 파편들이 마구 찔러 올 때
고통을 어떻게 이겨낼 수 있을까

통한의 세월 동안 소리 없는 흐느낌으로
참았던 아픔이 피를 토할 만큼
한꺼번에 터져 나왔을 때
절망을 어떻게 참을 수 있을까

누구에게도 말할 수 없는
핥고 꼬집으며 괴롭히는 상처가
얼마나 독한 독을 품고 있는지
질색하며 비명을 지르고 싶다

타인의 아픔에 시시덕거리는
냉혹할 만큼 싸늘한 세상에 살며
퍼덕이는 고통을 위장하기 위하여
웃으며 보낸 날들을 위로받을 수 없다

* 만일 겨울이 없다면 산뜻한 봄날의 즐거움도
없을 것이다. 역경의 겨울을 치른 자가 번영의
새봄을 즐기게 된다. (맥클라린)

살아가는 데 어찌 괴로움이 없을까

살아가는 데 어찌 괴로움이 없을까
어떻게 살까
어떻게 살까
사는 것이 아니다

한평생 살다 가는 길에
사랑하며 사는 것은 당연한데
이별이란 말에 꼭 끼어 괴로워하는가

세상살이 비집고 들어가야만 살 것 같고
꺾어버리고 이겨야만 살아있는 것 같아도
모든 것을 훌훌 털어 버리고
아수라장 같은 삶 속에서
휴식을 찾아야 한다

하지 않아도 될 걱정 속에
한동안 말을 잃고 살았다

우울증이 번져
절망의 찌꺼기가 괴롭혀
웃고 싶은데 눈물만 쏟아졌다

아직도 뜨거운 숨결이 남아있는데
장난질 치지 마라
계곡물도 강물로 흘러가려면
몸 비틀어 흘러가는데
살아가는데 어찌 괴로움이 없을까

* 인생의 상처가 올바르게 치유되면 그것은 대리석 위의 조각물을 새김 같아서 우리를 보다 아름다운 모습으로 만들고 신령한 사원을 장식하는 데 우리를 더 적합하게 만든다. (코더 마더)

어디로 가야 하는가

어디로 가야 하는가
가야 할 방향을 잃어
이따금씩 헤매고 싶은 것이
삶인가 보다

무엇을 얻고
무엇을 잃고 살아가는지
즐거운 일들이 없어
허전함이 가슴으로 번지는 날은

이대로 살다가는
끝나고 나면
그 서러움을 어찌할까

뼛골이 쑤시도록
열심히 열심히 살아보아도
때로는 지친 마음이 몰려와
늘 빈자리가 남는다

사는 기쁨을 종종 느끼며
살아가는데
자꾸만 서글픈 생각이 들어
심장이 멎을 것 같다

모질게 죽지 않고
살아남아서
어디로 가고 있는지 알고 싶다

* 바보는 방황하고 현명한 사람은 여행을 한다. (플러)

왜 이렇게 부대끼며 살아야 하는지

보이지 않는다고
가슴 치며 서러워한들
무슨 소용인가

밤이면 핏기 없이
그리움을 견디지 못해
쓰러져 울고 말았다

어둠에 파묻혀
슬픔은 더 짙어만 갔다

눈을 감으면
맨손에 와 닿는 촉감이 좋았다
몸 풀어 놓을 때 못 이긴 척
할 걸 그랬다

이미 흐려진 눈망울에

보이지 않는다

왜 이렇게 부대끼며

살아야만 하는지

숨 가쁜 삶이 되었다

* 눈물의 빵을 먹은 사람이 아니면
  인생의 맛을 알지 못한다. (괴테)

* 사랑하라.
  인생에서 좋은 것은 그것뿐이다. (죠르쥬 상드)

외로움을 묶어 던져버리고 싶은 날

사방이 꽉 막혀 다가갈 수 없고
가슴이 저려와
외로움을 묶어 던져버리고 싶은 날

가버린 세월 오는 세월에
떨어져 있는 거리가
아득하고 멀게만 느껴져
서글픔을 풀어내고 싶다

길고 긴 설움에 빠져
두 눈에 눈물을 덕지덕지
붙여 놓지는 말아야 한다

가까이 있어도 멀리 있어도
외로움은 마찬가지다

산다는 것이 이런 것인가
풀지 못할 수수께끼 같아
물음표가 찍어질 때
어디론가 사라져버리고 싶어
울고 싶을 때
스쳐가는 바람만 불어도 좋았다

* 누구나 아는 사람이 없는 군중 사이를 헤치고 나갈 때
처럼 심한 고독을 느낄 때는 없다. (괴테)

나 하나쯤

나 하나쯤 없어도 잘 돌아가는 세상에서
내가 필요한 곳이 있고
할 수 있는 일이 있다는 것은
참으로 소중한 일입니다

나 하나 때문에 누군가에게 희망을 줄 수 있고
누군가에게 사랑을 주고받을 수 있다면
참으로 고마운 일입니다

나 하나쯤 없어도 아무런 티도 안 나는 세상에서
내가 누군가를 위하여
존재하고 살아간다는 것은
참으로 축복받은 일입니다

나 하나 때문에 할 수 있는 일이 있고
누군가에게 배려할 수 있고
이해하고 함께할 수 있다면
얼마나 행복한 삶입니까

나를 만나는 사람들에게 행복을 주고
서로 약속을 지켜주고
기댈 수 있는 구석이 있고
아픔을 서로 나눌 수 있다는 것은
우리의 존재의 이유가 되는
참 감사한 일입니다

* 너 자신을 최대한으로 활용하라.
왜냐하면 그것이 너에게 주어진 전부이기 때문이다.
(에머슨)

삶은 늘 벼랑 끝이다

날마다 끊임없이 일어나는 사건들
살인. 자살, 도난, 교통사고, 화재, 지진,
불쾌하고 불미스런 사건이 계속해서 터진다

죽음이 시시각각으로 보도되고
처참한 전쟁과 테러의 소식이 들리고
병마와 바이러스 소식에
절망이 바닥끝으로 추락해
사람들의 마음이 앙상한 가지로 메말라 있다

지진과 해일과 기근과 가난
절망의 고통과 아픔 속에서도
맥없이 굴복하지 않고 멀리 뻗어가는
희망을 갖고 내일을 살아간다는 것이
얼마나 가련하고 대단한 일인가

홀로 남아 외로워도

내가 무엇을 할 것인가 불안해

겁먹은 얼굴로 살아가지 말고

미움을 받더라도 늘 재빠르게 행동하며

찬란한 기쁨과 희망을 갖고 살아가라

벼랑 끝에서도 피는 꽃을 보라

절벽에 쏟아져 내리는 폭포를 보라

얼마나 가슴이 뜨거워지는

놀랍고 감동적인 일인가

희망을 갖고 극성스럽게 살아가는 한

절망은 순식간에 사라지고

희망이 남아있을 때

발걸음이 한결 가벼워지고 신이 나

쾌재를 부를 내일은 아름답게 꽃이 필 것이다

* 당신이 변화하지 않는 한 이미 갖고 있는 것 말고는
아무 것도 할 수 없다. (제임스 론)

서툰 인생

늘 어정쩡한 태도로
찾아온 모처럼의 기회조차 놓치고
미궁 속으로 빠져들어 시련의 보풀로
헝클어진 꼬락서니와 실랑이를 벌이는
어리석음이 참으로 못마땅하다

결심이 가득 차 목표를 정해놓고
걱정스런 눈빛으로 시행도 못하고
잠결에서 깨어난 듯 어리둥절하여
전전긍긍 버둥거리다가 세월만 흘러갔다

머릿속을 휘젓는 것을 행하려고
꼼수 짬수를 흩뿌려 놓으며 재촉해보아도
풋내기에 불과해 심각한 표정으로
늘 덫에 걸려 배알이 꼴려 인상만 찌푸렸다

조바심에 울화는 치밀어 오르는데
예측하기 힘든 행동 탓으로
사람들은 떠나고 목소리마저 흩어지고
늘 한발 늦어 찬물만 끼얹었다

냉혹한 자책감으로 후회해보아도
남은 세월은 구름 뒤로 멀리
넘지 못할 운명처럼 야속하게 떠나가고
잔혹한 기분만 들어 속눈물 속에
온 세상이 어둠 속에 잠겼다

* 우리가 인생이 정말 힘든 것이라는 것을
알게 되었을 때 정말로 그 어려움을 이해하고
그러한 사실을 수용하게 되었을 때
인생은 더 이상 어려운 것이 아니다 (스캇 팩)

그냥 울어버려라

고달픈 목숨 줄 연명하며

고통이 뼛속 가득해

환장할 듯 부아가 치밀고

손사래 치듯 복장이 뒤집히는 일이 있다면

그냥 울어버려라

막다른 골목 피맺힌 아픔에 숨 막히고

가슴 파이게 수가 사납도록 아픈 곡절

시치미 떼며 숨기지 말고

그냥 울어버려라

슬픔이 무게를 더하고

고독의 두께가 더해질 때 어처구니없이

울고 싶은 걸 참으며 안절부절 못하는 것은

미련한 짓이며 가슴만 답답할 뿐이다

마음속 주름 깊이
숨 쉴 사이 없이 죽지 못해 살고
온 세상이 끝장난 듯 정나미 떨어지는 푸념에
억장이 무너져 새파랗게 질리고
앞이 깜깜해 가슴 떨리면
그냥 울어버려라

눈물을 제물 삼아 한바탕 울다보면
시원해지고 조금은 걱정도 사라지고
희망도 다시 찾아와
떠들썩하게 왁자지껄 웃으면
때때로 짭짤한 재미 느끼며
다시 살아갈 용기를 느낀다

* 눈물에는 신성한 면이 있다. 눈물은 약하다는 표시가 아니다 힘의 표시요. 수천만 개의 입술보다 더 능변하며 또한 감당할 수 없는 슬픔의 사신이요. 깊은 뉘우침과 말할 수 없는 사랑의 사신이다. (워싱턴 어빙)

포기하지 마

처절한 사투 끝에 막다른 골목이라고
눈앞이 캄캄해 바랄 것이 없다고
검이 가슴에 박히고 발목을 잡혀도
무조건 안 된다고 아니라고 포기하지마

눈 말똥거리며 잘 생각해보면
기뻤던 일 좋았던 일
행복했던 순간들도 있었을 거야

이 세상 모든 사람에게 물어봐
온몸이 바스러지도록 힘들었을 때가 있었느냐
뼈저리게 가슴 아픈 일이 있었느냐 물어봐

누구나 서툴러 세상을 잘 몰라
부딪치며 깨지고 부러지고 쓰러지고
가슴이 찢어지도록 서글퍼도

절망의 가지 끝에서 죽자 사자 발버둥치고
가슴앓이하며 살아가는 거야

힘들고 지쳐 눈물이 비 오듯 쏟아져도
긴가민가 풀 죽어 주저앉지 말고 일어나
어찌할 수 없도록 얽매인 것들도 풀어가며
독하고 야무지게 마음먹고 한번 해보는 거야

날선 깨우침 속에 마음 닦달하며
배짱 있게 피 땀 눈물 쏟다보면
시련도 끝나고 웃음이 찾아올 거야
원하던 날들이 자꾸자꾸 찾아올 거야

* 달성하겠다고 결정한 목적을
  단 한 번의 패배 때문에 포기하지 말라 (셰익스피어)

고통

고통은 검게 느껴지고
희망은 밝고 환하게 느껴진다

살다보면 살아가다보면
허공을 깨듯 아픔을 주는 것도
의외로 작은 것도 많다

손톱에 박힌 아주 작은 가시 하나
신발 밑창의 작은 돌멩이 하나
눈 속에 들어간 티끌 하나가
아주 고통스럽게 꽤 지치게 한다

진땀이 나는 힘든 고통도
찬물 끼얹듯 목덜미 서늘한 큰 고통도
마음을 일제히 터놓고 이겨내라

멈춘 듯 망설이는 듯 흘렀던 시간 속에서도
우리의 삶은 멈추지 않고
강물이 흐르듯 흘러간다

작은 고통에 일그러진 얼굴로 아파하며
지지리 못나게 끽소리도 못하고
궁상떨며 초라하게 살지 말고
우리 안에 우리 주변에 있는
희망을 찾아 행복하게 살자

지금이 얼마나 소중한 시간인가
체증이 풀리고 다시는 돌아올 수 없는 시간
사랑하는 사람들과 기쁨을 만들며
환하게 웃으며 행복하게 살아가자

* 고통이 없는 승리는 없고
가시밭길 없는 성공이란 존재하지 않는다. (윌리엄 펜)

네 번째 • 숨

늘 자족하는 마음으로
삶을 단순하게 잘 정돈하며
살아가고픈 심정이다

내 탓

솟구치는 긴장감 속에
변명할 기회조차 깡그리 잃어버려
작살이 나 이가 갈리고 치를 떨었다

지독하게 운조차 없어
모든 잘못을 내 탓으로 돌리며
변명의 모퉁이를 맴돌아
목이 조여드는 참담한 심정이다

장난질하지 말라
모두가 내 탓이다

남에게 자기 잘못을
생뚱맞게 뒤집어씌우는 것은
정나미가 뚝뚝 떨어지는
현명치 못한 불행의 시작이다

* 사람은 넘어지면 우선 돌부리 탓으로 돌린다.

돌이 없으면 비탈을 탓으로 돌린다.

그리고 비탈이 없으면 신고 있는 신발 탓으로 돌린다.

사람은 좀처럼 자기 탓으로 돌리지 않는다.

(벤자민 프랭클린)

피곤

하루하루 살아내기 힘들고 버거워
허우적거리다 늘어지고 풀 죽어
힘조차 빠져버려 오만상 찌푸리며
털썩 주저앉아 온통 눈물에 젖었다

초주검이 되어 몸과 마음을 쉬기 위해
잠시 잠깐 절창 없는 감옥 같은
세월의 먼지 나는 한구석에 풀썩 누워 버렸다

귀찮고 재미 하나 없는 단조로운 일상 속에
잡생각만 자꾸 웃자라고
안간힘을 써도 서툴러 고달프게 밀려오는
피곤과 고단함을 어찌할 수가 없다

피도 흐르지 못해 힘들어
뼈가 빠지게 힘들고 지쳐 바삭거리는 내 마음을
살살 불어오는 바람이
매만져주고 떠났다

내 꿈은 마가 끼었는지
앞길은 먼데 용빼는 재간은 없고
늘 허공을 맴돌다 떠나고
잔뜩 찌푸린 절망의 어둠이 짙어가고 있다

찬물을 끼얹었는지 고난의 오한으로 떨고 있는데
그래도 희망을 갖는 것은
온몸을 덮어주는 푸르고 쨍쨍한
햇살의 마음이 너그럽고 따뜻하기 때문이다

* 긍정적인 태도가 다른 성공의 법칙들과 결합된다면
우리의 앞날은 거칠 것이 없어진다. (제프 켈러)

만나면 편한 사람

그대를 생각하면
마음이 따뜻해집니다
그대의 얼굴만 보고 있어도
마음이 편안해집니다

그대는 내 삶에
잔잔히 사랑이 흐르게 하는
힘이 있습니다

그대를 기다리고만 있어도 좋고
영화를 보아도 좋고
커피 한 잔에도 행복해지고
함께 거리를 걸어도 편한 사람입니다

멀리 있어도 가까이 있는 듯 느껴지고
가까이 있어도 부담을 주지 않고

언제나 힘이 되어주고
쓸데없는 걱정은 하지 않아도 됩니다

한도 끝도 없이 이어지는 이야기 속에
잔잔한 웃음을 짓게 하고
만나면 편안한 마음속에
시간이 흘러가는 속도를 잊어버리도록
즐겁게 만들어줍니다

그대는 내 남은 사랑을 다 쏟아
사랑하고픈 사람
내 소중한 꿈을 이루게 해주기에
만나면 만날수록 편안합니다

* 신뢰는 많은 용기를 주고 약속을 지키게 해준다.
신뢰는 얻는 데는 오랜 시간이 걸리지만 하루아침에
잃을 수도 있다. (백스 드프리)

푸념

고독이란 것 말야
아직도 사랑의 흔적이
남아있다는 거야

쓸쓸하다는 것 말야
아직도 동해의 여운이
남아있다는 거야

허전하다는 것 말야
아직도 충만했던 느낌이
남아있다는 거야

괴롭다는 것 말야
행복했던 순간들을 다시
찾고 싶다는 거야

포기해서는 안 되는 거야
아직 이런 감정들이
살아남아 있잖아

다시 시작하는 거야
더 멋진 일들이 일어날 거야
다시 시작하는 거야
더 신나는 일들이 일어날 거야

* 한 번 뿐인 인생에서 나를 이용해 무언가 꼭 이루고 싶은 마음은 멀리 뻗어가 기적이 일어나도록 한다. 무언가 되고 싶고, 하고 싶고, 앞으로 나가고 싶고, 위로 오르고 싶고, 삶에 더 많은 의미를 부여하고 싶은 욕망을 기적으로 만드는 재료다. (노먼 빈센트 빌)

뻔뻔한 사람들

남을 비판해서 먹고 사는 뻔뻔한 사람들
허구한 날 세상 돌아가는 일 마다
사사건건 비판을 일삼고 살아간다

자기들은 무엇을 잘했을까
자기들은 무엇이 옳았을까
상대방의 실수와 잘못과 허물을
무턱대고 무작정 무조건 비방하면 잘하는 일인가

세상 돌아가는 이야기
잘한 것은 박수쳐주고 응원하고
잘못한 것은 지적하더라도 위로하고 용기를 주고
함께 힘을 보태야 하지 않을까

세상에 어떻게 자기들만 잘난 것일까
남에게 상처를 주면서도 웃는 모습은
정말 이해할 수가 없다

세상 일이 비난과 비판으로 이루어진다면
그 어떤 일도 이루어질 수 는 없다
비판적인 눈에는 모든 것이 잘못되어 보이고
긍정적인 것이 보이지 않는다
내 마음이 아닌 상대방의 마음으로 보아야 한다

내가 했다면 어떠했을까
먼저 생각해 보아야 한다

서로 함께할 수 있는 세상
함께 어울릴 수 있는 세상이 되어야
상처가 치유되고 서로 하나가 되는
참 좋은 세상이 된다

* 한 마디의 말이 상처가 되기도 하고 한 마디의 말이
위로와 힘이 되기도 한다.
한 마디 말의 힘은 매우 크다.

번민

나는 투쟁도 하지 않았는데
피투성이가 되었다
허공에 내던져진 열 손가락을 끌어당기고
28마디의 손가락을 움켜쥐고 있는데
피투성이가 된 이유는 무엇일까

심장조차 도려낼 수 없는
쓰라림에 소리치며 웃었다
길가 상품처럼 전시되어가는
과거를 아는 녀석이 미친 듯이 웃고 있을 때
나는 꼬꾸라져 두 무릎을 꿇고 말았다

창문을 활짝 열어도
바람 불지 않는 날은
웃도 울도 못하는 꼭두각시가 되어
비 오는 날은
사형수가 되어 방황하며
집으로 돌아갈 줄 몰랐다

책을 보고 있을 때

글자들이 열 지어

눈앞을 빙빙 돌아도

하얀 백지 위엔 아무런 이유도 생기지 않았고

허공에 내던져진

열 손가락을 열심히 움직였는데

아무런 투쟁도 못한 채

나는 피투성이가 되어 있다

" 당신의 생각이 바로 당신이다.
당신의 삶을 변화시키려면 사고방식을 바꾸어야 한 다.
변화는 언제나 새로운 사고방식에서 시작된다.

(나폴레온 힐)

허세

색을 너무 진하게
칠하고 살지 말라
화려하면 할수록
가슴은 텅텅 비어버린다

목에 너무 힘을 주지 말라
목소리가 너무 무거우면
더 고독하게 된다

가슴속의 외마디를 들어보라
힘을 주면 줄수록
더 초라한 것을

홀로 거울 속 당신의 모습을

바라보라

진실이 더욱

자유롭다는 것을 알라

* 허식은 우리의 결점을 비추는 촛불과 같다.
그것은 우리 자신을 만족시킬지는 몰라도
다른 모든 사람들을 역겹게 만든다.
(존 카스바 라바테르)

분노

네가 나를 바라보면
날카로운 시선을 짤라
너를 찌르겠다

마음에 거침없이 몰아치는
성난 파도가 일어
호흡을 가눌 수가 없다

한동안 찢기고
아파 곪아 터져도
홀로 형벌을 받듯이 참아왔다

지금은 다르다
온몸의 핏줄 속에 붉은 피가 튄다
태워버리고 싶은 것은
다 태워버릴 것 같은 불길이 일어난다
감정이 있는 대로 다 폭발한다

닫혀있던 마음의 모든 창들이

일시에 깨지고 터져버린다

이 때가 가장 강해져야 하는 시간이다

분노할수록 목표가 분명해야 한다

넘치지 말아야 한다

역류하지 말아야 한다

상처 입기 쉬웠던 내가

상처에서 벗어나고 싶다

* 분노는 우정도 가족도 그리고 인격조차도 파괴한다. 작업이나 건강도 해친다. 더욱 나쁜 것은 분노는 자제심을 잃은 증거다. (조지 싱)

너의 눈빛이 낯설게 변하고 있을 때

너의 눈빛이
낯설게 변하고 있을 때
갑자기 뒷머리를
세게 얻어맞은 듯 멍했다

미칠 듯이 절망감이 몰려와
더 이상 힘들게 살 이유가 있을까

짓궂은 운명이 나에게
손짓하며 다가와도
날 지탱하기가 힘들어도
널 기억하며 살겠다

악을 부추기는 몸짓을 보면
고통이 전류처럼 고문하듯 흐른다

절망감으로 뒤섞인 눈으로
주위를 살펴보며
어물거리며 낭비할 시간이 없다

나의 본래의 모습으로
돌아가고 싶다

* 내가 아무 것도 할 수 없을 것 같은 절망적인
상황에서 탈출할 수 있었던 것은 아마도 내일에 대한
신들린 듯한 정열 때문이었을 것이다. (오듀번)

단 한 번도

단 한 번도
실수하지 않은 사람은 없다

단 한 번도
잘못하지 않은 사람은 없다

단 한 번도
어긋나지 않은 사람은 없다

이 모든 것을 알면서도
다시 돌아가 계속 반복하는 것은
아주 어리석은 일이다
용서되지 않는 일이다

* 용서는 사랑을 하기 위한 열쇠다. 용서는 지금 이 순간의 사랑이 유일한 진리가 되게 해준다. 용서가 없으면 자신도, 다른 사람도 사랑할 수 없다. (엘프리다 뮐러)

누군가 행복할 수 있다면

나로 인해
누군가 행복할 수 있다면
그 얼마나 놀라운 축복입니까

내가 해준 말 한 마디 때문에
내가 해준 작은 선물 때문에
내가 베푼 작은 친절 때문에
내가 감사한 작은 일들 때문에

누군가 행복할 수 있다면
우리는 이 땅을 살아갈 의미가 있습니다

나의 작은 미소 때문에
내가 나눈 작은 봉사 때문에
내가 나눈 사랑 때문에
내가 함께해준 작은 일들 때문에

누군가 기뻐할 수 있다면
내일을 소망하며 살아갈 가치가 있습니다

* 내가 연구한 바에 따르면 모든 사람은 타고난 치유 능력이 있고 그 가운데 5%에 해당하는 사람들은 탁월한 능력을 갖추고 있다.
당신이 그 5%에 속한다면 당신은 자신과 다른 사람을 치유해주기 위하여 태어났다. (올가 워럴)

왜 그리도 아파하며 살아가는지

이 수많은 사람들이
어디로 가자는 것이냐
하루하루를 살아가며
넓은 세상에
작은 날을 사는 것인데
왜 그리도 아파하며 살아가는지

저마다 얼굴이 다르듯
저마다의 삶이 있으나
죽음 앞에서 허둥대며 살다가
옷조차 입혀주어야 떠나는데
왜 그리도 아파하며 살아가는지

사람들이 슬프다
저 잘난 듯 뽐내어도
자신을 보노라면
괴로운 표정을 짓고
하늘도 땅도 없는 듯 소리치며

같은 만남인데도
한동안 사랑하고
한동안 미워하며
왜 그리도 아파하며 살아가는지

* 힘은 희망을 가진 사람들에게 주어지고
용기는 가슴속의 의지에서 일어나는 것이다. (펄벅)

가슴에 묻어둔 이야기

가슴에 묻어둔
이야기가 있는 사람들이 있습니다

그 아픔을
그 그리움을
어찌하지 못한 채로 평생 동안
감싸 안으며 살아가는
사람들이 있습니다.

누구에게도 말할 수 없는
비밀이기보다는
지금의 삶을 위하여
지나온 세월을 잊고자 합니다

때로는 말하고 싶고

때로는 훌훌 떨쳐버리고 싶지만

세상살이가 그리 쉬운 일만은 아니어서

가슴앓이로 살아가며

뒤돌아 가지도 못하고

다가가지도 못합니다

외로울 때는

그 그리움이 위로가 되기에

가슴에 묻어둔 이야기를

숨겨놓은 이야기처럼 감싸 안으며

살아가는 사람들이 있습니다

* 최악의 사태를 받아들인다면 더 이상 잃은 것은 아무 것도 없다. 이것은 이미 모든 것을 얻었다는 것이다. (데일 카네기)

외면

누구일까

등 돌리고

돌아선 사람

참 밉다

* 외로움은 속이 텅 빈 것이요
고독은 속이 꽉 찬 것이다. (기븐)

뒤돌아보지 마라

뒤돌아보지 마라

그리움뿐이다
슬픔뿐이다
아픔뿐이다
절망뿐이다
고독뿐이다

돌아갈 수 없는
그 길을 바라보지 마라

* 생각하는 물음표와 행동하는 느낌표가
하나가 되었을 때 젊음은 다시 태어난다.
(이어령)

살다 보면 인생살이가

살다 보면 인생살이가
고통이 되고 눈물이 되기도 하지만
언제나 그 아픔이 오래가지 않아 좋아지고
회복되기를 바라는 마음이다

열심히 살다보면
하루하루가 눈에 보이도록 달라져
웃음이 되고 기쁨이 되고 행복이 된다

이런 맛에 내일을 기대하며
오늘 눈물과 땀을 흘리며
열심히 살아가는 것이다

갑자기 고통이 찾아올 때
너무도 감당하기 힘들지만
과도한 기쁨도 도리어 해가 될 수 있다

늘 자족하는 마음으로
삶을 단순하게 잘 정돈하며
살아가고픈 심정이다

나의 기쁨이 타인의 기쁨이 될 수 있고
나의 만족이 다른 사람의 만족이 될 때
인생의 진한 맛을 느낄 수 있는 것이다

"나는 즐길 곳을 찾아서 살아온 것이 아니라
나를 필요로 하는 것을 찾아다니며 살았다.
지금도 나는 그렇게 살아가고 있다. (슈바이처)

방황

나는 일상에 쫓겨나 늘 떠돌았다
숨겨진 상처를 씻으려고
변죽을 울리다 덜미를 잡히고
산통 깨져 피멍이 들어 녹초가 되어도
아픈 가슴을 씻고 싶었다

부아가 나고 답답한 일이 많고
속 썩는 일이 생길 때마다
열심히 살아보지만
왜 나만 이런 일을 당하고 사는가
의구심을 가졌다

인생길 늘 오르막길 내리막길
신물 나게 오가며 떠도는 것이다
모두 다 산다는 것이 진력나게 쑥밭이 되어
가슴 저린 외로움 속에
애끓게 떠돌며 외롭게 산다

세월이 흘러가는 줄 알았더니
모든 것이 언제나 제자리에 남아있고
나 혼자 영락없이 떠도는 것이다

* 고통에서 도피하지 말라.
고통의 밑바닥이 얼마나 감미로운가를 맛보라.
(헤르만 헤세)

남의 흉을 보고 싶을 때

사람들 앞에서 잘난 척하며
남의 흉을 보고 싶을 때
큰 상처를 입히지 않도록 말조심해야 한다

듣고 있는 사람 중에
그 사람과 아주 가까운 친분이 있는 사람이
혹 있을지도 모른다

남의 흉을 볼 때
사람들이 호응하고 맞장구치고 좋아한다고
잘한 일이라고 생각하지 마라

인생은 행한 대로 돌아오는 법
지금 어디선가 다른 누가
당신을 당신처럼 아주 똑같이
없는 흉을 다 보며 좋아한다면
당신 기분은 어떻겠는가
당신의 심정은 어떻겠는가

남의 흉을 보기 전에
관대한 용서를 하고
먼저 자신의 삶을 돌아보는 것이 중요하다

* 그대의 마음속에 식지 않는 열정과 성의를 가지라.
당신은 드디어 일생의 빛을 얻을 것이다. (괴테)

욕심

문턱이 닳도록 뛰어다니며

내 것 내 몫이 아닌 것을 가슴 졸이며

곱살이 기어 악착같은

시샘으로 탐하는 것은 욕심이다

덜떨어지고 볼품없는 샐쭉한 몸짓은

뒤숭숭하고 비뚜름하게 된통 겪은

아주 못된 꼴사나운 모습이다

케케묵은 헛되고 못된 생각으로

방정 떨며 쓸데없이 한눈팔지 말고

더하지도 덜하지도 마라

둘러치나 메치나

쿡쿡 누르고 덕지덕지 채우는 것은

열통이 터진 불행과 부패의 시작이며

고통이 바싹바싹 느껴지는 함정의 종말이다

뭐가 그리 깐깐해서

진실을 아랑곳하지 않고

죽자 사자 물고 뜯고 암울하게 싸우며

비난하고 삿대질하며 요란스럽게 난리 칠까

그까짓 것 굶주린 생각에 헛욕심 부리고

개 거품을 물어보아도 속 편한 날이 없는데

슬픔을 알고 고통을 이겨내며

따뜻한 마음으로 정을 베풀고 나누며

거짓 없이 정직하고 단순하게 살아야

날마다 행복한 희망으로 새롭다

* 희망은 어둠 속에서 시작된다.

일어나 옳은 일을 하려 할 때 고집스런 희망이 시작된다.

새벽은 올 것이다. 기다리고 보고 일하라.

포기하지 말라. (엔 라모트)

살벌한 세상

각박한 세상과 정면으로 마주치던 시절
서툰 인생살이에 눈물이 질펀해도
그래도 그때는 인간미가 있어서 좋았다

철도 없고 가진 것도 없던 시절
너나 나나 똑같이 상처 난 마음
서로 토닥여주며 위로해주고 힘이 되어
맞장구치고 마음 착하게 정 나누며 살았다

눈물이 끝나면 웃음이 찾아올 걸
기대하며 쫓아가며 눈물과 땀 흘리며
끈끈한 이웃 정 가족의 정 느끼며 살았다

가슴 찢어지게 아플 때에도
야무지게 독하게 마음 질끈 묶고
일어났을 때 도리어 살맛을 진하게 느꼈다

찌그러지고 어려웠던 시절 지나가고
먹고살 만해지니 두터운 정 사라지고
인정머리 없이 양심 하나 없이
자꾸만 독해지니 허허로운 마음 어떡하나

네 것 내 것부터 구별하고 담과 벽을 쌓고
자기보다 좀 못한 사람들을 비겁하게
비웃고 헐뜯고 부딪치기 시작하니
세상이 살벌하고 싸늘해서 목을 움추린다

* 삶에서 정말 중요한 것은 당신이 갖고 있는 소유물이 아니라 당신 자신이 누구인가 하는 것이다.
단지 생활하고 소유하는 것은 장해물이 될 수도 있고 짐이 될 수도 있다. 우리가 가지고 있는 것이 아니라 그것으로 우리가 어떤 일을 하느냐가 인생의 진정한 가치를 결정짓는 것이다. (헬렌 니어링)

악플

자신의 허물은 감추고
타인의 허물엔 중뿔나게 나서
쫀쫀한 마음으로 잔뜩 눈독 들이다
표적이 되면 짓뭉게 버린다

자신이 드러나지 않는다는 이유로
독설이 시퍼런 칼날로 식식거리며
남의 허물을 잔인하게 들춰놓는다

스스로 병든 마음이 생트집을 잡아
타인의 가슴을 생피 터지도록 난도질하고
심장의 중앙을 마구 찔러
자기 마음대로 흔들어대는 것은
누구나 해서는 안 될 사라져야 할
가장 극악한 언어폭력이다

* 우리는 악담하는 사람의 혀를 조정할 수는 없으나
우리의 훌륭한 삶이 그것들을 멸시하게 만들 수 있다.

(마르쿠스 포르시우스 카토)

막말

내던져진 말이라고 다 말은 아니다
사람이 사람에게 엉킨 마음으로
악하고 쓴 말로 상처를 입히는 것은
아주 못되고 나쁜 일이다

말은 함부로 해서는 안 된다

막말로 쏟아놓는 거품과 찌꺼기는
잘못된 생각과 편견과
인정머리 하나 없이
바싹 마른 성깔이 토해놓은 것이다

막말을 한다는 것은

자신의 얼굴에 침을 뱉고

스스로 벗을 수 없는 멍에를 지는 것

서툴고 잘못된 행동이 토해 놓은

추악한 인간의 모습이다

* 말에는 힘이 있다. 좀 더 정확하게 말하면
당신의 말에는 힘이 있다.
우리는 다른 사람과 사려 깊고 의식적으로
대화할 수 있는 말을 할 수도 있고, 무심하게
다른 사람뿐 아니라 자기 자신에게도 문제를 일으키는
말을 할 수도 있다. (라마 스리아 다스)

감옥 같은 날

당신은 감옥 같은 날을 알지요
가슴이 터지도록 아파서
어디론가 떠나고 싶지만

나서면 강이요
나서면 산이요
나서면 바다요
어디든 인생의 벼랑이어서
들어서면 갈 곳이 없어

하루가 지나고
이틀이 가고
세월이 가면
그런 마음도 잊고 살지요

* 용감하게 행동하라.
  세상은 확신을 갖고 행동하는 사람을 위해
  길을 비켜준다. (마이클 조든)

아쉬움

살다 보면
지나고 보면
무언가 부족하고
무언가 허전하고
무언가 빈 듯한
아쉬움이 있다

아, 그랬구나
그랬었구나
그때 그러지 말고 잘할 걸 하는
후회스러운 마음이 생긴다

마음으로 느끼지 못하다가

지나고 나면

떠나고 나면

알 것 같다

그런 아쉬움이 있기에

우리들의 삶은

그만큼의 그리움이 있다

그만큼의 소망이 있다

그만큼의 사랑이 있다

* 아픔을 사라지게 할 힘이 당신 자신 속에 있는지
조용히 정직한 목소리에 귀를 기울여보라.

(컬린 터너)

용기

이 얼마나 멋진 말인가
이 얼마나 대단한 행동인가

이 세상에 살고 있는
얼마나 많은 사람이 갈피를 못 잡고
힘없이 좌절하고 낙망하고
포기하고 절망하고 실패하여
비참하게 살아가고 있는가

세상 사람들아
용기를 가져라
거짓을 짓밟고 일어서자
용기를 내라! 재미를 붙여라
열정을 마음껏 쏟아 부어라
삶을 가치 있게 살아가자

희망과 행복이 손에 잡히면

삶의 모습이 달라진다

당신의 표정이 달라진다

당신의 내일이 달라진다

당신의 인생이 새롭게 태어난다

* 불굴의 용기는 위험한 상황에 닥친 마음의
혼돈과 동요를 이겨내고 감정을 추스를 수 있는
영혼의 비상한 힘이다. (라 로슈푸코)

잘 견디고 이겨내라

통증이 온다
어딘가 고장이 났나 많이 아프다
상처는 세상이란 못에 찢어진 마음이다

뭇시선들이 칼처럼 날카로워
막연함 속에 끈질긴 고뇌의 시간
피를 피로 씻듯 힘들고 고달프지만
잘 이겨내고 견뎌야 한다

온갖 어려움을 이겨내고 시간이 흐르고 나면
먹구름 가득했던 괴로운 마음도
언제 그랬냐는 듯이
힘 빠지던 두려움의 쇠창살도 사라지고
퍽 대견할 것이다

햇살에 숲과

들판의 초록이 짙어가듯

삶에 희망도 용기도 날 것이다

잘 견디고 이겨내라

* 고난을 예측하지 말라. 결코 일어나지 않을 일을
마음에 두고 괴로워하지 말라.
언제나 마음속에 태양을 품으라. (벤저민 프랭클린)

나와의 싸움

삶은
나와의 싸움이다

수없이 진통을 겪으며
나 자신을 새롭게 변화시켜
뛰어넘어야 한다

언제 어떤 경우에도
포기하지 않고
좌절하지 않고
서두르지 않고
망설이지 않고
쉽게 꺾이지 않아야 한다

나와의 싸움에서

나를 이겨내는 것이다

자기 스스로 고정관념에서

나를 뛰어넘으면

아름다운 날 보람된 날

무르팍을 탁 치도록 좋은

행복한 날이 찾아온다

* 싸움에 말려들지 않도록 근신하라.
그러나 일단 싸움에 말려들면 상대자도 근심하고
있을 것이니 끝까지 견뎌라. 끝까지 참고 견디는 자는
이긴 것이다. (셰익스피어)

위로가 필요할 때

시련의 물집이 터지는 아픔과
다가올 두려움에 철렁한 가슴을 매만지며
잔잔하게 만들어 가야 한다

목덜미를 휘감아 숨통을 조여 오는
고통의 불길 속에 핏발 선 눈빛 속에
불씨 하나하나를 꺼주며 다독거리며
평안하게 만들어가야 한다

냉대 속에서 꽁꽁 얼어붙어
절망에 온몸을 그을려 속절없이 쓰러지고
파도치는 역경이 숨 막히도록 밀려올 때도
하나하나 다 받아들이며 감싸주어야 한다

들끓는 격정 속에서
가슴 한복판을 비수처럼 찔러오고
피눈물이 흐르게 하는 배신도 용서하며
끝까지 기다려주어야 한다

홀로 앙상한 가지처럼 남아있는 순간에도
아픔 속에서 더 성숙해지고
누구나 가슴 속에 수없이 비난의 돌을 던져도
사랑은 모든 것을 이겨낸다

* 우리는 자신의 약점을 인정하는 것을
두려워하지 말아야 한다.
자신의 약함이 어디에 있는지 알면 알수록
그것을 강하게 하는 일에 힘을 쏟기가 쉽다. (원이뒤)

마음이 허전한 날은

마음에 구멍이 숭숭 뚫린 듯이
허전한 날이면
허망한 생각들이 머리에 가득해지고
쓸데없는 것들을 뒤적거리며
무언가를 찾고 싶어 한다

무엇이 그렇게 그리운지
무엇이 그렇게 아쉬운지
마음을 빼앗기지 않으려고
누덕누덕 기워놓아도
흔들리는 걸 막을 수 없다

자꾸만 뒤틀리는 현실 속에서
왜 홀로 몸부림을 쳐야 하는지
막막할 뿐이다

보이지 않도록 먼 곳에서
무슨 힘으로 내 마음에 불 질러놓았는지
환장할 정도다

마음이 허전한 날은
끊어진 세월을 이어놓듯이
깊은 잠에서 깨어난 듯
너를 보면 삶에 생기가 돌 것 같다

* 쓸데없이 몸을 피곤하게 말라.
피곤하거든 무엇보다도 먼저 쉬라.
어설픈 기분 전환은 허무를 배가시키며,
철저한 도피란 이 세상 어디에도 없다.
의심할 나위 없는 순수한 환희의 하나는
노동 후의 휴식이다. (칸트)

다섯 번째 • 숨

생각하면

눈물 나도록 행복하게 살아도

짧은 삶이다

절망

초주검이 되도록 힘겨워
비명을 지르고 싶다

서로 삐걱거리다가
피곤에 지치고
갈등에 허덕거리다가
생기마저 잃어버렸다

기가 막혀
마주치기가 싫었다
힘을 잃어버려
어리둥절해 헷갈리고 말았다

안달복달 법석대고 난리를 쳐보아도
쉴 틈도 없이 달라붙는 걱정거리 탓에
곪아터진 상처는
지울 수 없고 피할 수 없도록
치료되지 않았다

* 인생은 절망 반대편에서 시작된다. (사르트르)

외로울 거야

외로울 거야
피가 말갛게 흐르는 시간을
어떻게 홀로 보낼까

가슴에 구멍이 숭숭 뚫려
바람이 세차게 불어올 텐데
외로울 거야

떠날 만큼 떠나고
돌아설 만큼 돌아서서
그리운 마음 꾸욱 눌러놓았어도
외로울 거야

날마다 차곡차곡 쌓이는 그리움

등 따습게 기대고 살려면

마음의 물꼬는 트고 살아야지

싸늘하게 냉기를 불어넣으면

어떻게 감당하며 사나

점점이 떠도는 그리움에

사랑한다는 말

그립다는 말

보고 싶다는 말이 맴도는데

숨이 꼴깍 넘어가도록 외로울 거야

* 인생은 고독이다. 누구도 타인을 알지 못한다.
모두가 혼자다. (헤르만 헤세)

삶과 죽음의 갈림길에서

삶과 죽음의 갈림길에서
암담한 고통 속에
지탱해주는 힘을 잃을 때
겁에 질려 숨결이 치떨린다

나는 도대체 누구인가
누구를 위해 살아왔는가
무엇 때문에 사는가
물음표가 화살로 가슴에 꽂힌다

허망이 큰 구멍을 뚫어놓아도
생존의 깊이를 알면
주저앉거나 도피하지 않고
맞부딪치며 살아야 한다

비판과 비난이 쏟아져 내리고

질시의 눈총이 따갑게 다가와도

죽음을 각오하고 달려든다면

극복하지 못할 고통은 없다

아주 작은 느낌까지

놓치고 싶지 않아

오늘은 꿈을 가진 사람들이

만들어 놓은 내일이다

* 도전을 두려워하지 말라.
도전해보지 않고 무엇을 해낼 수 있는지
아무도 알 수가 없다.

슬픈 상처

생각하면
눈물 나도록 행복하게 살아도
짧은 삶이다

고독을 깊이 눌러 쓰고 있으면
내 마음 갈피갈피 사이로
그리움이 몰려오는 것은
이룰 수 없는 사랑이기 때문이다

속 썩여 짓무르고 터져서
슬픔인 듯 아픔인 듯 가슴 저리도록
안타깝게 살아도 짧은 삶이다

미련을 펼쳐놓고 있으면

즐거움 속에 괴로움도 남아있어

얼룩진 슬픈 상처가 너무 크다

* 세상 모든 사람들이 상처를 받지만
많은 사람은 상처를 통해 더 강해진다.
(어니스트 헤밍웨이)

짧은 삶에 긴 여운이 남도록 살자

한 줌의 재와 같은 삶
너무나 빠르게 소진되는 삶
가벼운 안개와 같은 삶
무미건조하게 따분하게 살아가지 말고
세월을 아끼며 사랑하며 살아가자

온갖 잡념과 걱정에 시달리고
불타는 욕망에 빠져들거나
눈이 먼 목표를 향하여 돌진한다면
흘러가는 세월 속에 남는 것은 허탈뿐이다

때때로 흔들리는 마음을 잘 훈련하여
세상을 넓게 바라보며 마음껏 펼쳐나가자
불쾌하고 짜증나게 하고
평화를 깨뜨리는 마음에서 떠나자

세월이 흘러
다 잊히기 전에 비참함을 극복하고
용기와 희망을 다 찾아내어
절망을 극복하고 힘을 북돋우자

불굴의 의지와 활기찬 마음으로
부정적인 사고를 던져버리고
언제나 긍정적인 마음으로
짧은 삶에 긴 여운이 남도록 살자

* 수확할 희망이 없다면 농부는 씨를 뿌리지 않는다. 이익을 얻을 희망이 없다면 상인은 장사를 시작하지 않는다. 좋은 희망을 품는 것은 그것을 이룰 수 있는 지름길이다. (마르틴 루터)

흘러만 가는 강물 같은 세월에

흘러만 가는 강물 같은 세월에
나이가 들어간다
뒤돌아보면 아쉬움만 남고
앞을 바라보면 안타까움이 가득하다

인생을 알 만하고
인생을 느낄 만하고
인생을 바라볼 수 있을 만하니
이마에 주름이 깊이 새겨져 있다

한 조각 한 조각 모자이크한 듯한 삶
어떻게 맞추나 걱정하다 세월만 보내고
완성되는 맛 느낄 만하니
세월은 너무나 빠르게 흐른다

일찍 철이 들었더라면

일찍 깨달았더라면

좀 더 성숙한 삶을 살았을 텐데

아쉽고 안타깝지만

남은 세월이 있기에

아직은 맞추어야 할 삶이란 모자이크를

마지막까지 멋지게 완성해야 한다

흘러만 가는 강물 같은 세월이지만

살아있음으로 얼마나 행복한가를

더욱더 가슴 깊이 느끼며 살아야겠다

* 긍정적으로 생각하라. 원하는 것을 마음속 깊이 생각하고 또 생각하면 그 바람은 어김없이 현실로 나타난다.

(앤드루 매슈스)

관심

늘 지켜보며
무언가를 해주고 싶었다

네가 울면 같이 울고
네가 웃으면 같이 웃고 싶었다

깊게 보는 눈으로
넓게 보는 눈으로
널 바라보고 있다

바라보고만 있어도 행복하기에
모든 것을 포기하더라도
모든 것을 잃더라도
다 해주고 싶었다

* 관심을 불어 일으켜주고
열심에 불을 붙여주는 것이야말로
쉽고 성공적으로 가는 확실한 길이다.
(트라이언 에드워즈)

행복을 느낄 수 있다는 것은

삶이란
바다에 잔잔한 파도가
치고 있다는 것이다

사랑하는 사람과 함께할 수 있어
낭만이 흐르고 음악이 흐르는 곳에서
서로의 눈빛을 통하여
함께 커피를 마실 수 있고

흐르는 계절 따라
사랑의 거리를 함께 정답게 걸으며
하고픈 이야기들을 정답게 나눌 수 있다는 것이다

사랑하는 사람과 한집에 살아
신발을 나란히 놓을 수 있으며
마주 바라보며 식사를 할 수 있고
잠자리를 함께하며
편안히 눕고 깨어날 수 있다는 것이다

서로를 소유할 수 있으며
서로가 원하는 것을 나누며
함께 꿈을 이루어가며
기쁨과 웃음과 사랑이 충만하다는 것이다

행복을 느낄 수 있다는 것은
보이지 않는 삶의 울타리 안에
평안함이 가득하다는 것이다

삶이란
들판에 거세지 않게
가슴을 잔잔히 흔들어 놓는
바람이 불고 있다는 것이다

* 우정도 산길과 같아서 서로 오가지 않으면
잡풀만 풍성할 것이다.
혼자 만들면 기억이 되지만 둘이 만들면 추억이 된다.

조금만 더

조금만 더 웃으면 어둠이 사라지고
마음에 등불을 환하게 밝힐 수 있습니다

조금만 더 사랑하면 아픔도 사라지고
상처가 깨끗이 치유될 수 있습니다

조금만 더 이해한다면 편견도 사라지고
용서로 고통에서 떠날 수 있습니다

조그만 더 인내한다면 지루함도 사라지고
어떤 어려움도 이겨낼 수 있습니다

조금만 더 열정을 쏟으면 어려움도 사라지고
삶에 풍성한 열매를 맺을 수 있습니다

조금만 더 가진 것을 나눈다면
가난한 이웃을 따뜻하게 도울 수 있습니다

조그만 더 따뜻하게 포근하게 감싸준다면
상처도 치유되고 행복을 함께 나눌 수 있습니다

* 나는 실험에 실패할 때마다 성공을 향해
한 발짝 한 발짝 다가가고 있다고 생각했다.
(토마스 에드슨)

함께 있으면 좋은 사람

그대를 만나던 날
느낌이 참 좋았습니다

착한 눈빛, 해맑은 웃음
한 마디 한 마디의 말에도
따뜻한 배려가 있어
잠시 동안 함께 있었는데
오래 사귄 친구처럼
마음이 편안했습니다

내가 하는 말들을
웃는 얼굴로 잘 들어주고
어떤 격식이나 체면 차림 없이
있는 그대로 보여주는
솔직하고 담백함이
참으로 좋았습니다

그대가 내 마음을 읽어주는 것만 같아

둥지를 잃은 새가

새 둥지를 찾은 것만 같았습니다

짧은 만남이지만

기쁘고 즐거웠습니다

오랜만에 마음을 함께

맞추고 싶은 사람을 만났습니다

마치 사랑하는 사람에게

장미꽃 한 다발을 받은 것보다

더 행복했습니다

그대는 함께 있으면 있을수록

더 좋은 사람입니다

“ 우리는 만나면 좋고 함께 있으면 더 좋고

떠나가면 그리운 사람이 되자!“

괜찮아 겨울이 가고 이다음 봄 꽃은 다시 피어

초판 1쇄 발행 2024년 5월 30일

지은이 용혜원
펴낸이 황성연
펴낸곳 글샘출판사
출판등록 제8-0856
주소 경기도 파주시 광탄면 혜음로883번길 39-32

전화 031- 947-7777
팩스 0505-365-0691
디자인 청우(박상진)
마케팅 이숙희, 최기원
제작 관리 이은성, 한승복

ISBN 978-89-91358-66-9 03810